도배일기

지혜사랑 040

도배일기

강병길

시인의 말

저는 학자가 아닙니다.
도배쟁이가 되어가는 도배장이입니다.
세상 모든 집을 도배할 수 없지만
하루에 한 집은 새집처럼 변합니다.
저의 깜냥만큼 일합니다.
저의 즐거움입니다.

활자의 집을 지었습니다.
윗풍도 있고 난방도 잘 안된 집입니다.
쏘門의 문지방 너덜너덜
수시로 고쳐도 그때뿐입니다.
모두 시집보내고
새집을 지어야겠습니다.

,   2010년 겨울
강병길

차례

2부

3부

4부

1부

영정사진
−도배일기 1

　벽에 걸린 영정사진이 처음엔 선명한 흑백 사진이었을 것이다 지금 마주 보고 있는 얼굴이 오히려 갈색 렌즈를 끼우고 작품사진을 촬영한 듯 생기가 도는 것 같다 밑받침 못이 두 개 박혀 있고 윗못 하나에 실로 묶어 앞으로 굽어보는 것처럼 액자는 걸려 있다 식구들의 기억 속에 살아 늘 굽어 보살필 것 같은 마음이 담겨 있을 것이다

　오래전 앨범을 펼쳐 보며 딸들은 즐겁다 길고도 짧은 세월이라며 추임새도 넣고 소용이 다한 물건들은 문지방을 넘는다 보따리를 풀고 싶은 사람 냄새나는 집이다

　노구의 청국장을 먹으며 영감의 옆자리에 사진으로 남을 인생과 번성하여 어느 집의 액자로 걸릴 후생들의 삶이 휘지 않고 걸린 못이 되기를 바라며 구수한 숭늉을 갱물처럼 마신다

따지 않은 감 때문인가 구름이 더 하얗다 집 지을 때 영
감이 심었다는 홍시를 내놓는 손이 집 한 채 보다 커 보
인다 벽지를 붙이며 나는 나의 두 손을 찍은 사진을 영정
처럼 걸어도 좋을 것이라 생각했다.

절집
−도배일기 2

 지장보살을 모신 방부터 도배는 시작 되었다
 사람 사는 방은 그 다음의 다음 순서로 정해지고 날은
저물 것이다

 일의 시작이란 설레는 모험의 출발과 같다
 짧아지는 하루해와 일의 양을 가늠하며 마음을 다잡아
야 하는데
 오늘은 저물 것이다

 가을이 깊어갈수록 일조량은 제단의 향처럼 줄어든다
 일꾼들의 손놀림이 빨라진다
 공양간에서 입만 보태실 보살님 몇 분이 손을 보태러
오셨다
 이 집에서 꼿꼿이 선 것은 젓가락뿐이다
 현판이 없는데 절 이름을 묻는다면 형편을 들추는 눈치
없는 손님이 될 것이다

할 일만 해도 오늘은 저물 것이다
흙벽이면 어떻고 문살이 떨어져 나갔으면 어떠랴

지장보살 어깨에 묻은 풀을 닦아내다 등의 큰 구멍을
본다
얼마나 많은 날 마음을 비워야
저무는 해를 붙들 수 있을 것인가.

도루코 칼날
─도배일기 3

도루코 칼날은 잘 든다

열 개들이 한통이면 집 한 채 벽지도 바르고 장판도 깐다

무뎌진 칼끝을 톡톡 떼어내며 새날처럼 쓰는 도루코 칼날은 도배장이들이 즐겨 쓰는 소모품이다

칼날 만드는 공장이 우리 동네에 있고

그 사거리를 사람들은 도루코사거리라고 부른다

칼 만드는 공장에 출근하던 사람들이 도루코사거리에 서서 일 년 넘게 정문을 통과하지 못하며 망루를 세우고 현수막을 걸었다

'도루코의 칼날은 비정규직을 자르는 것이 아니라 물건을 잘라야 합니다'

잘린 비정규직들이 표어를 앞뒤로 걸머메고 부러진 칼

날처럼 녹슬어 갔다

 '왜 우리 마음 속에 칼을 갈게 하는가'

 무딘 칼날을 벼리듯 사계절 버티고 선 그들의 구호는
날이 서 있었다.

금남의 집
-도배일기 4

  현관 자물쇠 풀고 중문 자물쇠 따고 방문 열쇠로 열어
준 거처가 수녀님 방이다
  이불 한 채와 가방 하나 놓여 있다
  속가량으로 궁금하던 마음이 빈방처럼 허전하다

  밀알이 발아되기도 전에 사람이 발효되지 않을까 싶기
도 한 금남의 집에 여자 살림이라곤 없으니 발소리라고
더부살이 할 리 없다

  한소끔 살펴봐도 도둑맞을 물건은 없는데
  겹겹의 문단속은 꼭 밖에서 안으로 향하는 마음을 붙잡
으려는 시건장치가 아닌 모양이다

  벽지 한 겹 더 붙이는 것으로 수도에 증감이 있지 않음
을 핑계 삼아 돌아서 나온다
  문 잠그는 소리 속절없이 들린다.

나는 무교다
−도배일기 5

오전에 광야교회 장판 깔아주고
오후에 청림사 산신각 자리 깔았다
교회에서 점심 먹고 절에 가서 점찍었다고 했더니
스님은 금강경 잘 배웠다고 하신다

목사님 기도할 때 아멘으로 답하고
부처님 전에서 합장하는 나는 무교다
연비연비聯臂聯臂로 길 따라가다
가끔 허방에도 빠지는 나는 종교가 없다
팔 다리 머리 따로 놀리고
성경 몇 구절 법구경 몇 자락 시 몇 편 소설 몇 장
점찍듯 들추다 팽개치는 그냥 필부다
뿌리까지 파고들어가 끝장을 보는 성찰이 호사로나 보
이는 나는
풀이나 나무 같은 도배장이다

새순 트나 낙엽 지나
물 흐르듯 사는 것도 늘 여울인데
아멘과 합장의 구분이 무슨 대수랴
천지만물이 스승이라지만
올곧은 것은 아무 것도 없다.

못
-도배일기 6

　도배하기 전에 망치로 못을 빼낸다
　도배장이의 망치는 못을 빼낼 때 쓰는 연장이다
　옷이나 가방, 액자와 액자 속의 사내가 따온 별을 걸거
나 그 사내가 목을 매었던 못이라도 모두 빼낸다

　일일이 하나씩 걸어서 겨루는 일도 만만치 않다
　순순히 투항하는 못이 있는가하면
　매달려도 빠지지 않는 못이 있다
　제 한 몸 쏙 빠져나오는 못도 있고
　벽의 살을 한 뼘이나 물고 빠지는 못도 있다
　흔적과 자국을 지우는 일이 끝나야 새로운 벽지를 붙일
수 있기에
　모두 빼버린다

　못은 벽에 자란 뿌리다
　동아줄 걸고 외줄 오르던
　쥐뿔같은 가장의 뿌리다.

벽화
−도배일기 7

오래 묵은 집 벽지를 뜯어내다
삼양라면봉지를 붙인 걸 볼 때면
고구려벽화도 신비로울 게 없다

행여 삼천 년 후에 나의 지문이
벽지에 남아 유리칸막이에 갇힌다 하여도
이승의 파노라마는 보이지 마라
하염없는 손놀림만 만날 것이다.

지도
—도배일기 8

이사 나간 집 아이 방에 미처 따라가지 못한 세계지도
가 붙어 있다
이학년 달반 이우주 라고 씌어 있다
평면의 지구는 양면테이프에 의지하였다
우주의 벽에 붙은 지구는 우주의 집에 세들어 살지 못
하였구나
우주가 버린 미아로 남았구나

도배장이는 지도를 칼로 도려내
공처럼 뭉쳐 쓰레기봉투에 던져 넣었다

열반에 든 지구여 평안하신가?

새로운 우주를 붙이듯 펄이 별처럼 박힌 벽지를 붙인다
방 가운데 서서 한 바퀴 돌아본다
펄들이 별처럼 빛을 낸다

우주의 집이 아니어도 빛나는 별들
어디로 우주는 이사 가는가

지구를 찾는 지도는 없고
우주의 주소는 나도 모른다.

원행
−도배일기 9

밖에서 보기엔 팔작지붕을 얹은 한옥이다
요가에 도를 접붙인 선방
옛것을 흉내 낸 어색한 구조 속으로
스님, 신부님, 신도나 회원들이 드나든다
소풍 다니듯 쉴 곳을 찾아오기도 하고
화두의 곁가지를 얻고자 원행을 오기도 한다

담 너머 복숭아나무에
노란 봉지들이 설치미술처럼 달려 있다
저렇게 많은 배냇저고리를 남긴 걸 보면
여름 신열에 고단 했겠다

이 집에 세 번째다
흙벽이 옷을 더럽히니 한지를 바르고
벽이 비쳐보여 두 겹 더 바른다
한 점 티끌이 괴로운 사람들이

티끌의 시간을 잠시 메우고 간다

북향 산비탈에 물도 많이 나고
십일월 아침참이 지나도 해 뜨지 않는 집이
복숭아를 쌌던 봉지 한 개 보다 낳으리란 법은 없다.

산수유
-도배일기 10

산수유 껍질이 녹각 붙은듯하다 사십 년 전 등짐으로
지은 흙집이 건재하다는 걸 영감님은 자랑스러워한다 주
황색 양철지붕으로 바꾸고 오늘은 페인트칠 하는 날. 그
을린 서까래가 황토색으로 바뀔 때 처음엔 소나무 향기
가 좋았다고 회상도 하고 둘째 낳고 백일도 지나지 않아
산중턱까지 물지게 나르던 얘기도 한다

그나저나 애들이 여행 보내준대서 갔다 왔더니 집을 뒤
집어 놨다며 고물로 두 차가 나가고 주방세재 세 통이 말
이 되느냐고 잔소리를 끌어다 붙인다 불혹 넘긴 맏딸 이
길 수 없는 것 알면서 손에 익은 옛살림을 아쉬워한다

처마 밑에 걸쳐둔 잡동사니가 모두 치워지고 나서야 바
람의 길이 트였다 오랜만에 집이 시원하게 숨 쉬는 소리
가 들린다 한 눈에 볼 수 있게 멀찌감치 물러서서 둘러보
며 혼잣말처럼 중얼거린다

"나 죽기 전에 되배 한 번 더 헐 수 있을까?"

산수유 꽃이 지붕 위에 등불을 켠다.

족보
-도배일기 11

늦둥이를 가슴에 품은 것 같은데 할머니란다

외자 이름을 연방 불러대고 어르며 고추를 말린다고 기
저귀도 푼다

장식장에 진열된 제법 여러 권의 족보를 젊은 할아버지
는 보자기에 싸서 옮긴다

두 손으로 공손하게 벽장에 넣는다

묻지도 않았는데 이 집은 종가이고 무슨 파 삼십 몇 대
종손이며 임야와 전답을 경영한다고 한다

그러니 적당한 대우를 받아도 된다는 배후가 깔려 있다

선산을 가리키는 손가락이 곱다

별반 힘들이지 않아도 농사는 되는 모양이다

점심을 먹고 쉴 참인데 별도로 밥상이 차려진다

열리지 않던 문이 열리고 소반이 들어간다

저리된 지 오래 되었다며 제삿밥이나 얻어먹을 수 있겠
냐고 말꼬리를 흐린다

차마 씨받은 사연 묻지 못한다.

제비다방
-도배일기 12

오래된 다방 간판은 제비
한쪽에서 도배를 시작해도 손님은 받는다
연탄난로 옆에 지정석처럼 모인 노인 서너 분
올 겨울잠은 이렇게 보내시나 보다

안경을 녹이는 영감님 옆으로 맞잡이 노릇의 여자가 스
푼을 빨며 다가가고
팽주의 인물도 차맛을 다르게 한다고 벌써 입가에 버캐
를 묻히며
쌍화차에 계란이 유정이냐 무정이냐 시비붙이다 꽃이
나비처럼 날아가니 쩝쩝 입맛 다신다

얘기는 병아리 감별로 흐르고 아롱아롱 아지랑이 피던
봄날 검버섯 없을 때 송화로 만들던 다식 얘기로 흐르다
환갑잔치 하던 시절 다과방의 끗발이 저 마담 보다 높지
는 않았을 거라고 하다 다과방이 줄어 다방이 되었다고

하는 대목에선 의견이 분분하다

그나저나 제비가 봄이 와도 잘 안 보인다고
시력이 자꾸 흐려진다고

장작보일러
-도배일기 13

무가 제 허리를 뚝뚝 끊어내면
그해 겨울은 춥단다
강가를 따라 단무지 수확이 한창이고
피라미처럼 튀는 햇살엔 서릿발이 묻어난다

초등학교 담 옆 피난 촌에
아직도 피난 중인 늙은 목수와 아내
철원 너머 고향으로 걷고 걷다가
이 강 건너지 못하고 눌러 앉았다

물 위에 뜬 것처럼 살아왔으니
살림도 오래두고 볼만한 물건 별반 없는데
벽 헐고 붙여놓은 장작보일러가
이집에선 제일 큰 가구이자 장식품이다

쌓아올린 장작더미가 울도 되고 담도 되는

언제라도 미련 없이 떠날 것처럼
이삿짐 아직도 풀지 못한 집

나팔꽃 줄기가 잎과 열매까지
담타고 오른 그대로 말라 있는데
마음의 불씨 이어가듯
보일러 문 열고 장작 몇 개 던져 넣는다

해마다 강물이 얼고 풀리고
강 위로 큰 다리가 놓였어도
기다리는 배는 오지 않았다.

눈치
-도배일기 14

가시 많은 물고기 먹으려면
압력솥에 쪄서 가시를 무르게 해서
아무튼 목구멍에 걸리지 않으면 되는 거라고
하늘슈퍼 아저씨 인심 후하게
고무함지 가득 눈치 잡아놓고
먹을 수 있는 만큼 가져가란다

강가에서 나고 자라 물결만 봐도
물고기들 어디서 뭐하는지 다 알아서
동네잔치 하도록 건져 올리던
그 솜씨 한동안 볼 수 없었는데
견딜만한 버드나무만 남은 큰물 지나고
묵정밭 갈아엎듯 그물 던졌나 보다

강물에 잠기는 것 눈치 못 채고
딸 잃어버린 지 십 년 지나서

암초
-도배일기 15

　마을 경로당 일이란 사공이 많아서 아예 출항할 생각이 없는 배와 같다 돛을 올리고 바람을 일으키려면 술추렴이 몇 순배 돌고 나서다 몇몇은 두세 잔에 취기가 돌고 입가심에 깨끗이 물러서는 축도 있는데 마당으로 내려선 한가한 분들은 아주 작파한 듯 목청이 높다 때깔이 좋다 나쁘다를 필두로 일꾼 호구조사에 태어난 고향까지 들여다보고 가물가물한 인연이라도 닿아야만 한 배를 탄 동지로 인정된다 같은 배를 탄다는 것을 확인받아야 일 할 자격이 주어지는 마을과 그런 마을들이 모여 이루어진 나라에서 하루치 품삯을 위해 일하는 도배장이들이 항해를 한다 땀방울은 소금을 쏟고 노동의 신성함이 공기 속을 흐른다 더디 걷히는 가을 안개를 뚫고 항로는 잡혀갔다 뒷바람만 불어주면 순항인데 따뜻해진 햇살 때문인가 거나해진 노인이 들어서는가 싶더니 이내 누워버린다 부지깽이 같은 암초를 만난 것이다.

약
—도배일기 16

　마당엔 닭들이 몰려다니고 계통과 상관없이 한 가지 이름으로 불리는 개들이 여러 마리 묶여 있다 시내서 식당하는 아들이 버리는 것도 돈이라며 보내오는 잔밥이 짐승이 늘어난 이유다 도회지 물만 먹어서 흙 묻히기는 싫고 손대는 일마다 신통치 않은데 마지막이라고 부동산에서 집을 보고 갔다 이웃에서 얻어온 북어 대가리를 숫돌에 갈아 개에게 먹여 본다 열흘 굶었다는 개는 도리질도 치지 못한다 집이 팔리든 안 팔리든 근심은 마찬가지다 도배라도 깨끗해 보여야 더 받을 것 아니냐며 쌈지를 털어 놓는다 이꼴저꼴 보기 전에 늙으면 죽어야 한다며 질긴 명줄이 끊어지지 않는다고 넋두리다 약이라고 먹은 개가 네 다리를 바들바들 떤다 가망이 없어 보인다.

2부

선희엄마
-도배일기 17

도배 보조로 따라다니는 선희엄마

풀칠 잘하는 선희엄마

딸이 오십이 넘었어도 선희엄마

딸 이름만큼 착하게 살아서 오라는 데가 많은 선희엄마

젊은 나이에 남편 보내고

자식들과 입에 풀칠하기 위해 풀칠을 시작한 선희엄마

경력은 삼십 년에 아직도 보조

글자를 몰라 기술자로 나서지 못한 선희엄마

큰아들 은행 지점장 만들고 막내아들 장사 성실하게 해
서 항상 웃고 다니는 선희엄마

갱고개 옛집 지키며 사남매 잘 키우고

식구들 모두 모여 고기 구워 먹는다고

꼭 들려서 먹고 가라고 전화해 주는 선희엄마.

봄날
-도배일기 18

양지쪽엔 쑥이 제법 새순을 틔웠다
봄이라고 부르기엔 이른 봄날
모양낼 것 없고 생긴 대로 깨끗하게만 해 놓으면 되는
월세방 일은 쉽게 끝났다
연장을 챙겨서 나오다 보니 주인이 대문에 종이를 붙인
다
언뜻 보면 반야심경 한 구절 같은
'삭을새놈 보증오십 월십오만 지름보이라'

보증금 다 까먹고도 안 나가는 통에
내보내는데 애먹었다며 투덜거려도
유리테이프로 꼭꼭 눌러 붙이는 솜씨 능숙하다

누군가 인생의 한겨울 삭히고 떠나며 남긴 게송치곤 남
루하다.

약속
―도배일기 19

가을에 계약한 집 봄이 되어 일하러 간다 약속의 골짜기는 깊었으나 기억은 길을 잃지 않았다 갈참나무 쪽동백나무는 전날 내린 비로 싱그럽다 북향 잔설은 간밤의 것이리라

흙길을 반나마 올랐을까 자동차가 나갈 수 없다 길을 고친다는 것이 진창이 되고 말았다 문명文明의 짐 두고 걸어간다 작은 다리를 건너고 두 모롱이를 돌아서니 멀리 집이 보이고 굴참나무 마른 잎처럼 주인의 손이 팔랑거린다

한때는 하늘의 길을 가르던 공군의 퇴역장성은 황혼에 이르러 소통의 길을 버렸으리라 순망의 섭리를 정원에 가꾸며 호미의 겨울잠을 깨우고 있다 아직은 장갑이 필요한 아침. 몸만 도착한 내게 따뜻한 홍차가 준비되어 있었다.

곁순
－도배일기 20

정원 아기자기하게 가꾼 부부는 도시를 버렸다
철일로 팔뚝 굵어진 남편은 모내기를 하고
부인은 토마토 곁순을 친다
고목에 매단 철판문패가
마지막 용접 불꽃이었을 것이다

작은 집을 짓고
벽돌 모양 벽지를 붙이고
쑥물로 물들인 천으로 커튼도 만들어 단다

자연의 싱그러움을 즐기는 지천명의 부부에겐
토마토 향기가 배어 있다
거름이 좋아 잘 자라는 토마토처럼
환한 웃음도 살아 있다
더 늦기 전에 흙에서 살고 싶다던 소망이 익어 간다

주저 없이 곁순을 따내는 손놀림이 익숙하다
인생의 곁순을 친다는 건
곁순 칠 나이만큼 웃자란 욕망을 버리는 것이다
건강한 꽃을 골라 키우며
열매를 가늠하는 눈이 트이고
즐거운 마음의 불꽃이 얼굴에 피어나는
손곡리의 봄이다.

먼지폭죽
-도배일기 21

두툼한 솜이불처럼 먼지 쌓인 장롱을 들어내다
쏟아지는 편지봉투 세례를 받았다
이렇게 많은 사연을 묵혀 두었는가 싶었는데
축의금 봉투였다
십 년은 족히 지난날의 축하가
먼지폭죽이 되어 터진다
즐거운 잔치에도 눈물 보이는 아쉬운 정서는
소리 없이 쌓여 있었다

차곡차곡 발길 닿은 순서대로
동그라미 안에 숫자까지 표시한 빈 봉투들
파먹고 남은 수박껍데기를 말려 놓은 듯 내용물 없는
봉투가
어떤 삶의 시작엔 발아의 거름이었으리라

쉽게 버릴 수 없는

답장을 보내지 못한 이름들을 추스르며 주인은 감회에
젖는다
허리도 펴기 전에 허공에 쓰는 엽서엔
비장한 먹물이 뚝뚝 흐른다
"이게 다 빚이여"

꽃벽지
-도배일기 22

내년에 보자던 약속을 지키지 못했네요 할머니
삼백 년 넘게 살아 찻길도 두 갈래로 비껴가는
노림 느티나무 벗이 되고 싶다던 바람이 먼저였나요
며느리 손자 방은 깨끗하게 꾸며주고
당신 방은 굳이 사양하더니
주인 떠난 방 이제 도배합니다

하얀 모시옷 입은 모습이
백합꽃 같았습니다

제가 조금 늦게 왔지만
목소리는 또렷하게 들리는군요
"내 방은 내년에 할 거여, 꽃벽지루"

경비 아저씨
-도배일기 23

아파트 경비 서는 박씨 아저씨네 도배하러 간 날. 침대를 들어내는데 제법 두툼한 봉투가 나오는 겁니다 안주인에게 건네며 오늘 도배는 공으로 하시게 되었다고 하자 희색이 만연했습니다 덕분에 감자부침개를 얻어먹고 있는데 박씨 아저씨가 들어서는 겁니다 정말 눈 깜짝할 사이에 부침개 부치던 뒤집개가 날아가서 두 동강이 났는데 아저씨 가슴께를 맞춘 것 같았습니다 양팔을 엉거주춤 올리고 서있는 아저씨에게 쉴 틈 없이 여러 가지 말들이 따라 날아갔습니다 제버릇개못주고지집질두한두번이지애덜보기민구시럽게이날이때꺼정니가해준게뭐있냐그나이에또어딜가서 등등 이었는데 마당으로 밀려나서 한참 후에야 일을 다시 시작할 수 있었습니다.

쇠북소리
-도배일기 24

여러 겹 붙여진 벽지는 쇠북소리를 낸다
처음 붙여진 벽지와 나중 붙여진 벽지가 삼십 년쯤 차
이가 나면
소리도 나이를 먹는다
소리치곤 들을 만 하지는 않지만
한 겹과 열 겹은 깊이가 다르다

소고보다는 무거우나 대북보다는 덜 익은
호박 떨어지는 소리가 난다
언필칭 쇠북소리다

귀명창이 쉿소리 잡아내듯
두드려 보면 대략 나이를 잡아낸다
마흔 넘어서야 구별하는 소리 몇 가락 들리는데
소리 내는 모든 것들은 소리처럼 덧없어
달린 귀가 둘이나 되어도 방향 찾기가 쉽지 않다

소동파의 금시琴詩를 백 번 읽어도
지금 쇠북소리가 琴보다 나은 것은
아직 소리를 온몸으로 듣지 못하기 때문이다.

외길
-도배일기 25

세대차이 나는 겹겹의 벽지를 벗겨낸다
벽지와 더불어 벽이 헐어진다
아들이 아비가 되고 아들이 아들을 낳은 집은
지탱할 만큼 버틴 것이다
지푸라기 실핏줄과 수숫대 혈관이 드러나고
미금 냄새나는 황토흙이 부서진다
초배로 바른 구문의 장발 단속과 미니스커트와 통금 기
사가 함께 떨어진다
그때 유행하던 시류들이 스쳐갔지만
무섭지도 두렵지도 않은 지나간 일들이었다

고쳐서 도배하고 살자는 아버지와
부수고 새로 짓자는 아들의 의견은
평행선을 긋고 있다

중천의 해를 생소하게 올려본다

붙일 벽이 없어진 도배장이는
돌아가는 외길이다.

상석
―도배일기 26

넓고 평편한 돌이 있어 걸터 앉았더니 만신할매가 일어
나라며 호통을 친다 보기엔 그저 돌일 뿐인데 할매는 상
석이라고 부른다 둘러보니 과자 몇 개 얹혀 있고 그 사이
에 사탕 세 개를 더 얹었다 달콤한 것 잡수시고 노여움
푸시라는 머리 조아림이 끝나서야 화살 눈이 내게 꽂혔
다 하마터면 며칠 앓아누울 뻔 했다는 얘기다 자식들에
게 돌아가며 살아봐도 아픈 몸 낫지 않았는데 여기 와서
야 운신이 자유롭단다 상석에 기거하는 장군님 덕분이라
는데 눈 뜨고도 못 보는 나는 스쳐가는 나그네다 이것도
인연이라고 사주를 봐 준다 삼재가 지났으니 걱정 없다
며 척 짓지 말고 잘 살라고 하신다 한마디 더 하신다
　"손님 좀 데리고 와, 나 이래봬도 용해"

벽지는 나무다
—도배일기 27

벽지는 색이 바래는 것이 아니다
자기의 모습을 찾아가는 것이다
뿌리와 잎을 지녔던 나무였다고
보여 주는 것이다
안개와 비를 맞는 숲에서
새와 짐승들의 산에서
살아 있고 싶은 것이다

그늘에 갇혀 그늘을 만들지 못하는 나무는 나무가 아니
라고 고욕을 짜내는 것이다
벽에 매달려 입김으로 연명하지는 않겠다고
벽지에 그려진 꽃마저 떨어뜨리며
나무로 돌아가려는 것이다

바퀴벌레나 찾아드는 꽃은 더디게 지는데
반지하 백열등이 해처럼 떠서

꿈조차 잊을까 두려운 벽지는
알몸을 통째 드러내 보이는 것이다.

코뚜레
─도배일기 28

대한 추위는 이름도 춥다
소나무가 무거운 눈 이고 있는 동네 진밭도 희고 한우
콧김도 희다
우사 옆의 안채로 들어서니 현관문 위에 코뚜레가 걸려
있다
오늘은 이 집에 고삐를 맨다

구유에 유리 없은 다탁에서 커피를 마시며 부위별로 집
을 나누어 본다
안창살 같은 안방 등심 같은 건넌방 안심 같은 거실 지
나 곱창 같은 주방 뒤에 후지 같은 할머니 방이다

써레질 쟁기질 벗어난 소가 틈니 빼놓고 되새김하는
길마처럼 무거워 보이는 반닫이를 버리지 않은 할머니
방을 먼저 도배하는 순서라고 선포 한다

고삐를 풀어도 나이 먹은 소는 누울 자리를 지키고
소뿔이 휘듯 자손들은 고분고분하다
코 꿰인 하루는 따뜻하였다.

한마루공사
-도배일기 29

   허허벌판 전기도 끊어진 집 얻어서 겨우 막차 쫓아가는
사람처럼 도배 먼저 해 달라고 서두르는 통에 살얼음 깨
고 논물 떠다가 벽지 붙여줬더니 잠깐 나갔다온다는 말
끝으로 해 떨어지고 한참 지나도 나간 사람 오지 않는다
허우대 멀쩡한 사람이 속이는 재주에 맛을 들였으니 그
에겐 어차피 앞날이란 오늘 뿐인데 그는 그것이 한마루
공사인 걸 내가 몰랐다 사람의 껍데기를 쓰고 입치레하
는 안타까운 인생을 씹으며 무른 법까지 들먹였지만 그
의 의도대로 일은 끝났다
   오늘의 보시布施는 슬프고 슬프다.

고수
-도배일기 30

그들은 고수였다
원룸 천장만 도배하고 일당을 챙겨 주는
그들은 다시 오지 않을 손님이었다
화재경보기에 렌즈를 달고
원형탁자를 눈 아래 배치한 그들은
개미지옥을 파놓고 하수를 기다리는
고수였다
그들은 부드러웠다
서두르지 않고 도배장이를 개미로 만들어
함정에 넣을 줄 아는 몰이꾼이었다
그들은 한 곳에 머무르지 않으며
새로운 숙주를 찾아다녔으나
어린 손짜장 배달부를 의심하는데 실패하였다
그들도 목구멍이 있는 사람이었다.

복순씨
-도배일기 31

삼팔년생 복순씨 초벌잠 잠깐 자고 붓 잡는다
쉬는 나이로 일흔에 아직도 페인트공이다
열일곱 평 임대아파트에서
일곱 명 식솔 먹여 살리는 수입원이다
패악한 남편의 아내이며
부도내고 들어온 자식의 어머니이며
손자들의 할머니다

복순씨가 새벽 첫차를 타는 이유를 아는 사람들은 안다
젊어서 괄시 받던 동료들은 대부분 등 돌렸지만
떡칠 겨우 면하는 기공을 일터로 불러주는 이들도 그들
이다

담배 한 대 숨어서 꼬실리고
바람 빠지는 소리 내며 깡통 들고 누비는
복순씨는 페인트공이다

앉은키나 선키나 별 차이 없는 것을
그때는 억척스럽게 살 수밖에 없었다고 하면서
만나는 사람마다 내가 잘못했었다고 회개하는
복순씨는 페인트기공이다

이름과 팔자가 상관없는 복순씨를 가여워하는 까닭은
구순의 시어머니를 모시는 며느리이기 때문이기도 하다.

나비

—도배일기 32

 벽지에 그려진 나비도 혼이 있을까
 너무 먼 나라로 날아온 날개는 펴진 채로 강아지풀에도
앉지 못한다
 집요하게 풀줄기 쪽을 바라보는 더듬이는 거리를 좁히
는 신호를 보내지 않는다
 고요한 시간이 깃들어 있는 벽의 안쪽에 나비는 붙어
있어
 비에 젖을 일 없는 날개를 접을 이유도 없겠다

 벽과 벽이 만나는 곳에서 잘려 나간 나비의 반쪽은 마
당에서 뒹군다
 바람 맞아 구르는 모래에 더듬이를 다치고 별을 보겠지
 광야엔 드물게 꽃도 피어났지만
 인색한 꿀이 있는 배경의 소풍일 뿐

 점안하듯 나비에게 눈동자를 그려본다

한 개의 눈으로도 초점이 맞기를 바라며
방충망을 열어준다.

3부

상처
-도배일기 33

늙은 벽지는 익숙했던 손자국들의 흔적을 남겨두었다
악어의 등가죽이 터져 속살이 부슬부슬 널브러진 모습
으로
되돌릴 수 없는 쇠락의 끝자락에 다다랐다

등을 돌린 사람에게 비빌 언덕이 되어준 벽지는
등을 기대고 상처를 어루만지는 흔한 아픔들을
조용히 보았을 터이다

들이닥치는 도배장이들처럼
이별은 예상보다 성큼 온다

한껏 누추한 표정으로
잠시라도 바라보아주기를 바라는 벽지는
이내 덮인다

상처가 아물듯
벽지의 한 생이 묻힌다.

사냥
-도배일기 34

　거실에 독수리 한 마리 눈 뜬 채 서 있다 포르말린 향수는 산 자의 향기가 아니므로 냄새 먹는 하마도 나란히 서 있다 엽총과 납탄주머니가 사자의 도포로 싸여 있고 거리는 가까웠다 저 새가 방아쇠를 당길 확률은 집주인이 떨어뜨린 새의 수와 반비례하였으며 그와 더불어 산짐승들도 유성처럼 고꾸라져 갔으므로 확률은 고지대 산소보다 희박하였다 무용담이 팔부능선을 넘을 때는 뱅갈호랑이도 오락가락 하였으므로 나는 차라리 독수리의 발톱에 방아쇠를 걸어주고 싶은 심정이었다 듣는 귀가 너덜너덜해지고 나서야 사냥은 잠시 한숨 돌렸는데 모두 맥이 짚이지 않는 죽은 말들이었다 샘에서 물 한 바가지 떠먹고 돌아온 사냥꾼은 탄창 장전하듯 혀로 입술을 스윽 문질렀다 어느새 도배장이의 인내심 쪽으로 총구가 돌려졌고 사냥은 멈추지 않았다 혈안이 된 독수리의 눈이 죽은 말들을 토해내고 있었다.

금줄
-도배일기 35

또 생명 하나 이 땅에 울음으로 나서
강보에 싸여 따뜻한 잠에 들었다
아파트 안방 문 위에 걸린 한 발의 금줄은
말린 고추를 달고 있었다
할아버지가 엮고 간 인연의 끈이
마음만 부비고 가라는 사절이어서
혈통이 다른 도배장이도
제 새끼 난 듯 조심하였다

어차피 한 생을 살아내려면
금줄에 걸린 숯처럼 까맣게 속 탈 것인데
그래도 동량棟梁이 되라는 소망을 보태
촘촘히 한지 깃발처럼 꽂아놓았다

타다만 숯이 다시 타서 흰 재가 되어
더 태울 것 없는 백발이 꼬아 단 금줄은
새벽이 와도 풀리지 않는 왼새끼였다.

낚시가게
―도배일기 36

미래낚시 가게엔 연달아 손님이 온다
물론 거기에 물고기는 없지만
대부분 손님들은 물에서 논다

조졸의 어획은 탁본감이고
조사는 밑밥에 관심이 많은데
거루에 탄 것 같은 꾼 하나는
갈대와 해송 껍질을 번갈아 다듬는다
표정이 경건하기까지 한 것이
인내의 쓴맛 정도는 초월하여서
구름이라도 꿰어 내릴 듯하다

수 만 가지 낚시도구 중에
마음에 드는 것이 없어 수작업 중이라니
해신하백海神河伯의 공사가 미치지 않음을 조롱하거나
그도 물고기에 지나지 않음을 알기에

바늘 뺀 낚대 드리우고

숨이나 같이 할딱거려보고 싶은 걸사쯤으로도 보인다

물고기 없던 가게에 물고기 무늬 벽지 붙이고
도배장이도 오늘 손맛을 봤다.

댕댕이골
-도배일기 37

영월 동강 어라연 댕댕이골
새로 짓는 절집 마당엔 단단한 황토가 밟을만하다
고즈넉한 동네 고샅길 따라 손 뻗으면 만져지는 수수알
머루알 대추알 열매들이 흙 기운 뽑아 올려 단단하게도
여물었다
강 건너 바위와 견줄만한 기세로 한 해를 갈무리하는
모양인데 서향 절집은 공사가 바쁘게 되었다
법당은 지붕 얹어 비가림 해놓고 살림 들일 곳을 먼저
마무리 한다
곧 추위가 닥칠 것이다

말사에 주지로 오는 노스님은 말수도 적고 단촐 하시다
참따랗게 늙으신 비구니는 송어도 거슬러 오르지 못하
는 맑은 물에 남은 생을 던지며 도명徒命의 열반계를 남
길 것이고
대추나무가 절 지붕에 그늘을 드리울 즈음에도 부도의

이끼를 닦아줄 후대들은 미명未明의 비질로 마당을 쓸다
또 한 계를 남길 것이다

　댕댕거리는 풍경소리를 눈으로 듣고 눈물로 돌려내 놓
는 구도자의 소매가 찍어내는 것은 노을이었다.

이사
-도배일기 38

아침에 이사 나가고 오후에 이사 들어오는 집을 도배
하러 간다

짐 싸고 짐 푸는 사이가 도배장이 일하는 시간이다

해가 밀고 들어오는 창문과 방충망이 열리며 십육 층까
지 사다리가 연결된다

투명테이프로 서너 번 묶인 장롱이 아득하게 내려가
익스프레스 글자에 먹힌다

다른 살림들도 연이어 먹힌다

새 주인이 도착한다

또 다른 익스프레스도 도착한다

열쇠가 인도되고 간단한 인사를 주고받는다

도배장이들이 짐을 푼다

새 주인이 지상에 수신호를 보낸다

익스프레스에서 시계를 가리키며 손사래를 보낸다

새 주인이 나를 보며 난감해 한다

나는 손가락 네 개를 펴 보인다

손가락 네 개가 지상으로 전달된다
익스프레스에서 손칼로 목을 치는 신호를 보낸다
새 주인은 나를 바라본다
시간이 잠시 멈춘다
어쩌란 말이냐.

비문증 飛蚊症
－도배일기 39

벽은 갈라진다
벽은 틈을 내며 벌어진다
버틸 수 있을 만큼만 견디고 허물어지게 된다
정직한 균열 사이로 벼려진 햇살에 눈을 다친다
해는 나를 뚫고 지나갔으나
나는 해를 보지 못하고 눈을 감았다

그후로 검게 탄 겨자씨
혹은 부석사 안양루 공포 빈 부처의 잔상처럼
그림자가 따라다닌다

비문을 비밀스런 글자로 이해하는 나는
해석할 수 없는 글씨를 읽고 또 읽는다
눈을 뜨면 허공을 떠다니는 거추장스러운 현상을
무심하게 읽어 간다.

가락지
-도배일기 40

자개장 옆으로 밀어내니 가락지가 나온다
친정엄마가 물려준 잃어버린 반지는 가까운 곳에 있었다
닦고 또 닦는다
구 년을 누워 지낸 엄마 손을 닦고 얼굴을 닦는다
등이며 팔다리를 씻어 낸다
반지는 좀처럼 윤기를 돌리지 못한다

딸을 손님 보듯 할 때가 차라리 나았다
가끔 돌아오는 맑은 정신이 맥을 놓게 하였다
그때 준 반지를 다시 찾았지만
그녀의 가락지다

두간두간 조각생각을 맞춰보며 손가락마다 걸어본다
검지 첫마디에 걸려 끼워지지 않는 반지를
자개장 위에 다시 올려놓는다.

목욕탕을 훔쳐보다
-도배일기 41

고단한 날개를 세차하듯
참새 무리가 모래목욕 하는 저녁
제 몸집만한 구덩이에 들어가
흙거품을 날린다
부산하나 나름대로 질서 있게
순서를 기다리고 망을 보고
공중목욕탕이 단체손님을 맞아 호황이다

하루를 살며 묻혀온 육두문자나
송곳 같은 사설 따위 털어버리고
똥 한번 찍 갈기고 집으로 간다

연장에 쓰레기까지 차에 실은 나는
빈손으로 집에 못가는 한 집의 가장
수심 근심마저 털며 몸 말리던 참새들이
목욕 끝내고 돌아간 궤적은

얼마 남지 않은 가을의 숲에 닿았다.

계촌소묘
-도배일기 42

 평창 계촌 산골에 펜션 지어놓고 장사하는 환갑의 사내
는 한때 종로 일번지에서 등기이사까지 했던 사람이다
항상 골잡이로 살았는데 호적나이가 은퇴 나이였다 곁길
모르고 모은 재산으로 공기 좋다는 육백고지에 터를 잡
았지만 사업은 하는 둥 마는 둥 잡초가 무성하다 해발 오
십 미터에서 잔뼈가 굵은 뼈 된 사람이 산신령 되기가 그
리 쉬운가? 잡초들 이름 외우다 이태 보냈다며 쓸쓸히 던
지는 말이 솔직하다
 "돈도 벌어 봤고 해볼 거 다 해봤는데 인생 뭔지 모르것
어"

선정
−도배일기 43

　겉보기엔 깎은선비가 방문만 수차례다 벽지 고르고 다시 고르고 잊을 만하면 재차삼차 확인해 보고 또 선택한단다 이번이 최종 결정만 대여섯 차례다 비문秘文이라도 찾을 요량처럼 견본을 외우다시피 하며 진을 빼는데 아내는 그걸 다 받아낸다 애 낳는 것보다 쉽다지만 나는 아직 쓸개가 있다 일흔 개 고욤보다 감 한 개가 낫다고 사람도 자잘한 열매나 매달고 다니면 볼품없는 삼류가 된다 국회의사당 지붕이 덜 익은 감 엎어진 모습으로 화면에 스쳐가고 뻔한 치정의 연속극 끝나가도 손님은 책을 뒤적이며 고민이 많다 선정이란 어려운 일이고 선택한 후 미련을 떨쳐버리지 못하는 성격을 본인도 알고 있다는 점이 더 어려운 것이다.

취병리는 서쪽에 있다
　- 도배일기 44

　취병리에서 토박이 할머니 오셨다 치열하지만 정돈된 자세로 자기 발로 오셨다 함부로 나선 길은 아니다 다림질된 매무새 속의 헐렁한 은폐를 보았어도 꼿꼿한 정신에 맞잡이는 금물이다 서리태에서 강낭콩 골라내듯 청려장으로 콕콕 찍어 벽지를 고르신다 콩 한 가마니는 내었을 쌈지는 쉽게 열리지 않는다 물난리와 전쟁과 전염병으로 섬강에 뿌린 자식들 부려놓고 다리가 생겨서 옷 적실 일 없어까지 동네 내력의 뒷목을 거두고서야 무임인 막차 버스비를 에누리흥정으로 꺼낸다 둑을 막아 강폭은 줄었지만 여울도 이사를 다니는지 읍내 나오는 길이 갈수록 생소하다 몇 년 째 강이 얼지 않아 젯밥 뿌리는 것도 귀찮다고 하신다 물난리가 멱라로 섬강이 상강으로 귀찮다가 괜찮다로 들린다.

벽
―도배일기 45

미래는 벽에 막혀 있다고 말하는 미래학자는
벽을 모른다
벽이 있어야 앞날이 있는
도배장이의 미래를 모른다

면벽 십 년의 관절염과
면벽 이십 년에 얻은 허리통증과 친구가 된
도배장이의 앞을 막고 서 있는 것은 벽이 아니다
그것은 밥이다

지금도 쌓아올리고 허물어지는 벽은
도배수도의 도량이며 성지다
백팔 배 하듯 붙이고 천 배 하듯 붙인다
새벽밥 먹고 붙이고 때론 야간 작업등 켜고 붙인다
가로막고 서 있는 것이 벽이라면
붙인 곳에 몇 번이라도 붙인다

미래의 벽을 미리 알기 위해 일하는 도배장이도 없지만
안다고 피해 갈 수 있는 벽도 없기 때문에 붙인다
눈앞의 벽에 마주서서 훑어보고
당당하게 맞서면 그뿐이다.

노새
-도배일기 46

이슬 젖은 조간신문 펼쳐보다
스님 신부님 함께 오체투지로
도배하는 사진을 만났다

저렇게도 道拜를 하는구나

목장갑 나란히 길에 붙는다
쓰고 버리는 실장갑처럼
쓰고 버리는 몸뚱이 길에 부리며
하늘이 두려운 사람들이 도배를 한다

길을 줄이는 자벌레들 앞에서
더듬이가 되어 기어서 간다

빙판 같은 아스팔트에 이마를 붙이고
사지와 가슴으로 도배하며 간다

밤을 건너온 사진 속의 노새들이
땀에 젖어 도배를 한다.

빗금
-도배일기 47

유성이 하늘에 빗금을 긋네
나는 이웃집 벽에 그린 낙서를 지우고
크레파스로 그린 공룡도 지웠네
문막가스 전화번호며 야식집 전화번호도
새벽지로 깨끗이 묻었네
저녁노을 지고 어둠이 집들을 지울 때까지
도배장이 하루를 꼬박 묻었네

초복에도 서늘하게 금을 긋는 별을 보며
빳빳하게 풀 먹은 가슴을 털어보네
빗 그어진 금들
어지럽게 서걱이네

더는 키 잴 일 없는 내가
유성처럼 한줄기 획 긋지 못하는 이유는
우리집에 있네

딸아이 벽에 세우고
키를 재 주어야 하네
손가락 한마디는 올려주면서
벽에 빗금 하나 그어야 하네.

절구
―도배일기 48

절구가 장식품으로 자리 잡고 있다
오리만두집 절구에 빗물 고이고 청개구리가 산다
청태나 키우며 빈둥대는 꼴이 공이 맛 볼 일 없다는 투
다
이만하면 연금이나 타 먹으며 여생을 즐기겠다는 심사
로도 보인다

쓴맛 매운맛 섭렵했다고 은퇴의 항변으로 빗물이나 품
고 있는 돌은 입구가 퇴구다
저 구멍에서 구멍 뚫린 입을 얼마나 틀어 막았으면
푸네기 반기듯 음식점 입구에 아무렇지도 않게 버티고
서 있는 것인가

창자가 늘 막혀 있어야 살아 있는 사람들이 한 그릇씩
비우고 나오는 만두집
거대한 절구 속으로 들락거리는 길들여진 중생들의 윤

회를 물거울로 비춰주는 능청스런 곡선을 바라보다
발길질로 나의 허상을 잠시 흩어도 놓지만
순행順行하는 청개구리 물 속에 잠길 뿐이다.

4부

고분
-도배일기 49

염소 배처럼 늘어진 천장에
오래 앓아온 욕창 같은 얼룩을 쓰다듬어 본다
습기는 없고 따뜻하다
천장의 위쪽을 가늠 한다
이 집은 왕겨가 얹혀 있을 것이다
잔기술로 섣불리 발굴할 수 없는 고분 같은 집이다

껍데기도 이렇게 추위를 막아 준다
껍데기는 가라고 외치기도 하지만
알맹이 잘 보듬어온 껍데기가
사람의 집을 따뜻하게 하였다
쭉정이가 아닌 잘 익은 벼는
겉과 속의 쓰임이 다르지 않았던 것이다

조심스럽게 벽지를 덧바른다
수많은 얘기를 쏟아낼 것만 같아

가만가만 새 이불 덮어준다
가끔은
속속들이 들춰내지 말아야 할 집이 있다.

좀
—도배일기 50

사슴은 사자의 먹이가 되고
벽지는 좀의 먹이가 된다
좀처럼 눈에 띄지도 않으면서
뭐 먹을 게 없어서 벽지를 다 먹는 벌레도 있는가 싶겠
지만
좀이 파먹은 자리는
겉보기보다 알뜰하다
잉크 묻은 껍질은 남기고
속살만 발라먹는다

사슴이 가죽만 남는 것처럼
벽지도 가죽만 남았다가
바람에 부서지면 구멍이 보이는 것이다

좀이 눈 똥도 삭았을 무렵이 되어서야
좀 먹은 벽지가 된다

그렇게 되기까지

짧게는 오 년 길게는 십 년 정도 걸린다.

숙성
-도배일기 51

기다린다 벼가 고개를 숙이듯
벽지도 익어야 제 맛이다
종이가 밀가루풀 먹고
팔팔한 성질 절여질 때까지

잘 익은 벽지는 버들가지 같아서 유연하다
이젠 식솔이나 외간 여자에게 휘어지기도 하고
이내 마른 종이에 손가락이며 마음 베이는 걸 알기에
젖은 종이로 녹록하게 기울며 사는데
벽지 무늬 맞춤하듯 늘 아귀 맞추고 살 수는 없는 거라서
간혹 하자보수의 헛심도 쓴다

몸에 소금 치는데 사십 년이 넘었다
섣부른 날들과 설익어 떫은 기억들이
켜켜이 염장이었음을

기다리는 일도 일이다
주름살 하나 없이 반듯하게 펴진 벽을 보려면
흠뻑 젖은 벽지가 될 때까지 기다려 볼 일이다.

분봉
−도배일기 52

사위 맞이하기 위해 도배하는 아침
부부는 분봉한 벌들에게 새집을 마련하느라 분주하다
복숭아 나뭇가지로 옮긴 벌들은
밀원을 염탐하다 붙들리고 만다

묵묵히 제 짐을 꾸리는 딸의 손길은
서리 맞은 벌의 날개처럼 기운이 없다
연막을 뿌리며 눈물 찍어내는 엄마도 말이 없다
피할 곳도 마땅치 않은 집에서 일정한 거리를 유지한다

여왕벌 날개는 꺾어서 가둔다지만
빈자리를 내는 자식은 가둘 수 없다
벌통 하나 얻는 기쁨은 아쉬움에 비할 바 아니다

두꺼비 같은 사위가 붕붕거리며 오더니
머리가 무릎에 닿도록 인사한다

모르는 척 외면하던 아버지가 꿀단지를 꺼내놓는다
쉼표처럼 한 술씩 떠서 식구와 일꾼에게 먹여준다

물 한 사발을 마셨는데도 어질어질하다
헛손질하다보니 한나절이 지나간다.

제누리
─도배일기 53

무얼 무쳐도 손맛이 나는 할머니
생김은 곰삭은 장아찌 같지만
죽은 공명이 환생한 듯 도배장이를 몰고 다닌다

오이 송송 얼음 띄운 콩국수 한 사발에 삐걱거리는 문
짝 고쳐주고 덤으로 손잡이도 바꿔준다 자고로 배가 든
든해야 힘도 쓰는 거라며 점심엔 불판을 달군다 텃밭에
고추말뚝 두 고랑 박고 부른 배를 꼈다 호박 고명에 손으
로 치댄 칼국수가 저녁 제누리다 사다놓은 등기구 방마
다 갈아주고 장롱귀 잘 맞추니 하회처럼 웃으신다

나는 오늘 머슴 잘 살았고
할머니는 가려운 데를 시원하게 긁었다.

대추
-도배일기 54

채석장 옆 방아실 마을
이슬 앉은 석비레담 사이로 세간 나오고
도배 시작되고 안개 걷히고
집벌레들의 살림도 치워 갑니다
배부른 아낙
해산 전 집 단장에 마음만 분주합니다

파씨 싹 나듯 말문이 트일 즈음
집 앞 개울둑 대추나무를
장정이라고 대신 털어 달랍니다
나이로 보아 늦은 산모 될 터인데
사연인 즉 딸만 셋 둔 며느리네요
씨가 하나인 대추 아낙이 털지 않는 심정으로
빠끔한 하늘에 걸린 달 꽤나 올려보았겠습니다
빌어도 정성과 상관없는 농사의 끝자락
대추가 많이 열린 것도 서운합니다.

한치
-도배일기 55

일 마친 저녁 마시는 맥주 한 잔에
아이 손바닥 같은 한치 세 마리
나는 지친 다리의 양말목 내리지만
너는 아예 다리를 놓고 왔구나

한 치의 어긋남 없이 하루를 살았는지
거품처럼 한계를 넘어서지 않았는지
결리는 손으로 안주 잘게 썰며
새삼 서툴게 결 찾는다

하얀 소금기 손에 묻히고
하얀 수건으로 손 닦으며
연꽃이 이슬 젖은 사진을 보다
놓고 온 연장이나 떠올리다니
제 수족 떼고 온 한치나 나나
몸통만 빠져나온 허망한 마음

손에서 떠난 것 잊을 때까지
있던 것이 없던 것 되기까지는
한 치의 오차 너무나 크다.

올빼미
—도배일기 56

벽은 담을 낳고 담은 철책을 둘렀지만
거실은 벽난로 장작이 탁탁 작은 소리를 낼 뿐
외투를 벗을 만한 집이네

작은새가 유리창에 부딪치는 덤덤한 일상에
오늘은 올빼미라니
가망이 없다고 집주인은
목을 이리저리 돌리며 제자리를 맞춰보다
우수憂愁의 깃털 몇 올 날리네

시표視標를 밟고 계곡을 건너던 새가
어둠의 배후를 두고 한낮에 날아간
찰나의 탈속脫俗에는 그림자가 없었네
유리琉璃처럼 유리遊離처럼 유리流離처럼
들숨 날숨 벗어난 목숨

화강암 댓돌에 던져져
나무의 옹이처럼 꿈쩍 않는 화석.

창호지
-도배일기 57

십칠 년 풍 맞은 남편 삼우탈상 하고
문종이 떼어내는 손 누렇게 떳다
수채에 뽀얗게 흐르던 쌀뜨물과
국화도 나흘만에 누렇게 떳다

뜬 사람은 창호지 몇 장 덮고 갔지만
산사람은 외풍을 막아야 한다
무원록無寃錄 읽듯 문살 점자처럼 더듬으며
순지純紙였을 과거보다 더 멀고 먼
이승의 장막을 걷어내는 손

넘어가면 그만인 문지방에 걸터앉아
마른 닥나무 잎이라도 만져지는지
떨어질 듯 매달린 손이 마른 잎인지
떨림과 떨굼이 한통속이다

자주 허공을 보며

해석하기 어려운 표정으로

탁본拓本 같은 자기 그림자를 발골發骨하고 있다.

수목한계선
-도배일기 58

문막공단 소규모 공장 기숙사에 외국인들이 산다
방 한 칸에 여섯 명씩 이층침대 세 개 있고 그들의 경전
이 잡지처럼 널려있다
여름에도 전기장판 켜진 방에 열사의 바람 같은 말들이
떠다닌다

신발에 묻어온 풀씨 같은 사람들이 폐유에 담겨진 가마
우지처럼 산다

열기는 위로 향하며 굴뚝 끝 수증기를 만들고
높아지는 해수면에 밀려온 남방계의 베이스캠프가 도
배된다

수목한계선을 위로 밀어 올리는 것은 녹는 빙하

식용유에 밥을 말아먹는 타국의 씨앗들이 느물느물 실

뿌리를 내리는 기숙사

　발바닥이 활엽수 같은 사람들이 산다.

짧은 승천
- 도배일기 59

도공이 잠시 머문 거처였으리
술 한 잔 따르다 마음을 놓았던 것이리
그 술맛 고약했으리
상감청자가 골프장 공사판에서 출토되었을 때
문헌에 밝은 학자가 밝힌 견해다
그곳에 청자가 있어야 할 이유가 없다는 의견과
이 땅 모두 유적이라는 총평이 흐르고
작업대에 올려진 조각들 아귀 맞춘다

어둠 속에서도 학은 날고 있었다
팔백 년쯤 뜨거운 마음을 식혀야
은하수 깊은 빛 품을 수 있었으리
구름 저편 궁극으로 가는 길에
잠시 고단한 날개를 씻는
고고학연구소

공존의 하늘은 깊고 깊어서
부리를 앞세워도 다리를 쫓는
하염없는 물레질만 같아서
스스로 꺼지지 않는 빛 간직하고 싶었으리

별자리 주소 같은 번호를 받고
지상 삼층 수장고로 올라온
청자의 짧은 승천昇天

벽장
 ― 도배일기 60

 덕원아파트 거실에는 벽장이 있다 금귀禁鬼의 소금 뿌려놓은 벽장에는 재개발 소문 같은 수맥이 흐른다 균열되는 틈 사이로 석순이 자라며 위층 오수가 산란관을 키운다 심해 투명물고기의 알처럼 슬어놓은 물방울이 뼈를 남긴다 발아와 소멸 사이를 근심하지 않는 백색의 독립은 석주를 향한다 역류도 아닌 삼투압도 아닌 중력으로밖에 지향하지 못하는 불이문不二門 기둥 거미를 닮은 여자의 쓸모 있던 소반이 크레바스 속으로 묻히는 십 년 동안 증발되는 수입은 어긋남이 없었다 문을 열고 닫을 때나 일출과 일몰이 되는 도배장이도 무시하는 지상 십삼층의 벽장 오래전 이곳을 지나던 바람이 머무는 공간에 소금기 재워진 조개젓 묻혀있고 앉은뱅이 밥상의 허기를 물리며 이를 물고 견디던 어제가 있었다 뼈 삭이는 세월이 남긴 골다공증과 동행하며 부목을 받치듯 서로를 지탱해온 벽장은 미처 고여 물고기 한 마리 부화시키지 못하였어도 흐르던 물방울 눈보라 결정結晶이 되어 곤도라

함께 타고 지상으로 회귀하는 다만 무위無爲의 염하鹽河
를 이루려 한다.

거미줄
– 도배일기 61

불 켜진 간판 아래 거미줄이 창궐이다

저기압 전선은 포항 쪽에서 좀처럼 강원도까지 밀고오
지 못하며 습도 높은 더위가 기승을 부린다
기상캐스터도 우의를 입지 못하고 남부지방의 전황을
전한다

몸집을 키운 거미들은 미처 작은 먹이를 신경 쓸 겨를
이 없다
휘어진 보리수 가지의 열매처럼 먹이들이 달려 있다

집수리 견적을 보러온 손님도 집보다 장마 걱정이 크다

어제는 제법 큰 거미가 울고 있는 화면을 송출 하였다
촘촘히 가꾼 거미망의 일부가 허물어진 이유를 대책 없
이 달려든 먹이들 때문이었다고 흐느꼈다

물론 그 정도 몸집에 어울리는 거미줄을 거미들은 친다
허공에도 영역을 나누는 거미들은 양보하지 않는다

집수리는 장마 뒤로 미루고 손님은 떠났다

끊어진 거미줄을 수습하는 쪽으로 거미들은 움직였다
태생의 운명을 굳이 들여다본다면
거미의 첫 비행이 한 획을 먼저 긋는 것 아니었는가

손이 닿지 않는 간판은 높다
나는 겨울 눈 쓸던 죽비를 찾아 창고로 간다.

뿌리공예
- 도배일기 62

소아마비를 앓은 친구는 다리보다 팔뚝이 굵다
비닐하우스 작업장에서 나무의 다리를 다듬으며 산다
속과 겉이 달라서 다름나무도
그의 손을 거치면 두꺼비도 되고 용도 된다
죽은 뿌리 살리는 건 의사도 못한다며
칼 쓴다고 모두가 쟁이 되는 건 아니란다

한때는 장롱의 학을 날렸다
한정판 장롱의 양각 구름처럼
뿌리 내리지 않아도 자유로웠다
이제는 자귀밥 날려도 밥이 안 되지만
옮겨 심은 나무 활착하듯
솟대 같이 커버린 딸 보며 산다

굳은살 무 썰듯 깎아내며
봉합한 손가락에 연장이 붙지 않는다고

불쏘시개나 만들고 있으니 도배값도 못준다고 한다
톱밥을 이겨 옹이구멍을 메우며
남에게 발길질 안 하고 산 걸 자랑하는 친구는
제 키만 한 남근을 깎아놓고
손님들에게 예술을 갖다 붙이며 산다.

신발
―도배일기 63

빈소주병 쌓인 처마 아래
목수 빈병처럼 누워있다
자기가 만든 그늘에서
머지않아 떠나야 하리
처음처럼 상표 벗겨져
신발에 붙어있다
뙤약볕 달아오른 지붕만큼
검은 얼굴
전화기를 꺼내 만지작거리며
망치소리 문자를 확인하고
코팅된 장갑을 든다
한뎃잠 익숙한 케이투 안전화
툭툭 털며 잠을 털며
일으켜 세운다 기둥이
기우뚱 거린다 아직은 한낮
기와를 더 올려야 하리

출렁거리는 비계를 오르는 행보
정상에선 누구나 짐을 내리지
아직은 한낮
올려야 할 짐들이 남아서
미끄러지지 말아야 할 신발
집으로 보내는 문자처럼
발판 구멍에 찍히는
처음처럼
처음처럼
처음처럼

나무
-도배일기 64

묵형 정시인은 시집을 내며
또 나무를 작살냈다고 썼다

인쇄소하는 이정문형도
솔찮이 나무를 작살내는 편이다

도배장이인 나는 나무를 벽에 붙인다
그래서 나무는 관세음이다

밀림을 향해 매일 만 배를 해도
갚지 못할 빚을 지고 살아가는 거다.

노동 과정에서 포착하는 시적 진실

이 성 혁 문학평론가

노동 과정에서 포착하는 시적 진실

이 성 혁 문학평론가

강병길 시인의 『도배일기』는 노동시의 영역을 확장하는 시집이다. 노동시의 한 측면이 노동 과정에서 시적인 것을 발견하면서 그 노동을 전유하는 데에 있다면, 이 시집은 도배 노동을 독특하게 전유하고 있다고 하겠다. 현대 자본주의 아래에서 노동의 전유는 쉬운 일이 아니다. 특히 포드주의 시스템에서의 공장 노동은 단순 작업을 반복하는 일이기 때문에 삶의 활동성은 파괴되고 불구화된다. 한 자리에서 같은 작업을 지겹게 반복해야 하는 공장노동은 노동을 재의미화 하는 전유가 이루어지기 무척 힘들다. 그런데 도배 노동은 공장 노동과 성격이 다르다. 물론 그 노동도 지루한 작업으로 여겨질 수 있지만, 공장노동처럼 한 자리에서 단순하게 반복하는 작업은 아니다. 도배 노동자는 다른 집을 돌아다니면서 작업해야 하고, 방 안의 공간에 대해 예민하게 인지하면서 스스로 작업 계획을 세워야 한다. 도배 노동은 노동자의 활동에 어느 정도 자유가 주어지기 때문에 공장 노동보다 노동의 소외 정도가 낮은 편인 것이다. 그래서 도배 노동 과정은 노동을 전유하여 삶의 의미에 통합시키는 시적인 작업에 좀 더 열려 있다.

  강병길 시인은 도배 노동이 가지고 있는 그 가능성을 십분 활용하여 노동 과정으로부터 시를 길어 올린다. 그것도 그럴 것이 이 시집 전체가 도배 일기 연작으로 채워져 있다. 게다가 시인은 문인으로서보다는 '도배장이'로서 자신의 정체성을 규정하고 있기도 하다. 즉, 그는 "성경 몇 구절 법구경 몇 자락 시 몇 편 소설 몇 장/ 점찍듯 들추다 팽개치는 그냥 필부"이며 "뿌리까지 파고들어가 끝장을 보는 성찰이 호사로나 보이는 나는/ 풀이나 나무 같은 도배장이"(「나는 무교다—도배일기 5」)라고 자신을 내세운다. 자신은 종교인이나 문인처럼 "끝장을 보는 성찰"을 하는 사람이 아니라 이 집 저 집 도배를 하러 다니면서 사물들을 들추어보는 노동자라는 것이다. 물론 이 말을 액면 그대로 받아들일 수는 없다. 시인은 자신이 성찰이 부족한 사람이라는 겸손을 보여주기 위해 이 구절을 쓴 것은 아닐 테다. 이 구절에는 시인 자신이 "풀이나 나무 같은" 존재라는 점에 방점이 더 찍혀 있기에 그렇다. 시인은 그 다음 구절에서 "물 흐르듯 사는 것도 늘 여울인데/ 아멘과 합장의 구분이 무슨 대수랴"라고 말하고 있는 것이다.

'도배장이'로서 시인은 "물 흐르듯" 돌아다니면서 노동하며 살아가는 사람이다. 그는 도배노동이 자기 존재의 본질을 이룬다고 생각한다. 그렇기에, 그에게서 시는 삶을 이루고 있는 그의 노동과 분리되어서는 안 될 것이다. 그래서 그의 시는 도배 작업이 진행되는 과정 속에서 산출된다. 그 작업과정에서 시인이 발견하게 되는 삶과 노동의 의미들이 그의 시를 구성한다. 가령, 아래의 시를 읽어보자.

> 도배하기 전에 망치로 못을 빼낸다
> 도배장이의 망치는 못을 빼낼 때 쓰는 연장이다
> 옷이나 가방, 액자와 액자 속의 사내가 따온 별을 걸거나
> 그 사내가 목을 매었던 못이라도 모두 빼낸다
>
> 일일이 하나씩 걸어서 겨루는 일도 만만치 않다
> 순순히 투항하는 못이 있는가하면
> 매달려도 빠지지 않는 못이 있다
> 제 한 몸 쏙 빠져나오는 못도 있고
> 벽의 살을 한 뼘이나 물고 빠지는 못도 있다
> 흔적과 자국을 지우는 일이 끝나야 새로운 벽지를 붙일 수
> 있기에
> 모두 빼버린다
>
> 못은 벽에 자란 뿔이다
> 동아줄 걸고 외줄 오르던
> 쥐뿔같은 가장의 뿔이다.

122

도배장이의 노동은 우선 벽에 걸린 못을 빼내는 일부터 시작된다. 이는 도배를 위한 필수적인 준비 작업이다. 지금 시인은 목매달고 자살한 어떤 사내―이제 영정 속에서만 존재할 뿐인 액자 속의 사내―의 방을 도배하려고 하는 듯하다. 그런데, 시인은 그 준비 작업을 하면서 그 못에 걸려 있었을 것들에 대해 생각한다. 도배장이로서 시인은 "사내가 따온 별을 걸"었던 못을, 그리고 "그 사내가 목을 매었던 못"을 생각한다. 그래서 그 못들은 예사 못이 아니다. 그 못들은 뿔과 같다. 그 못에 "동아줄 걸고 외줄 오르던" 가장에겐, 그 못은 쥐뿔처럼 보잘 것 없는 뿔이다. 줄을 건 그 못에 가장은 마지막 자존심을 걸었을 테다. 그래서 시인은 그 못을 보잘 것 없으나마 가장의 삶에 뿌리 박혀 있던 뿔―쥐뿔―을 보았을 테다. 그 못이 가장의 뿔이라면, 못이 박혀 있는 벽은 바로 가장의 삶을 의미하게 된다. 이는, 그 목매단 가장의 삶이 그렇게 벽과 같이 외부를 차단해야 했던 것임을 암시한다. 하나 시인은 이 못들 모두를 뽑아내야 한다. "흔적과 자국을 지우는 일이 끝나야" "새로운 벽지를 붙일 수 있기"에 말이다. 벽이 된 삶의 속살에 박혀 있는 기억들, 별처럼 아름답거나 동아줄처럼 비참한 기억들을 뽑아야 새로운 삶이 시작될 수 있다. 도배 작업은 그 기억의 못들을 뽑아내고 새로운 벽지를 바르는 것이다.

새 벽지를 바르기 위해 옛 흔적을 제거하는 작업은 못을 뽑아내는 작업만 있는 것은 아니다. "세대차이 나는 겹겹의 벽지를 벗겨"(「외길-도배일기 25」)내는 작업도 진행해야 한다. 시인은 겹쳐 있는 옛 벽지들을 벗겨내면서 지금 이 벽 위에는 무수한 세대의 중첩된 삶의 벽지가 덕지덕지 발라져 있다는 것을 인지한다. 그리고 이 벽지의 중첩이 이 방에 머물렀을 여러 세대의 궁핍했던 삶들을 한 눈에 압축적으로 보여주고 있다는 것을 깨닫는다. 그 더럽혀진 벽지들에서 시인은 "티끌의 시간을 잠시 메우고 간" "한 점 티끌이 괴로운 사람들"(「원행-도배일기 9」)의 삶을 상상한다. 도배를 준비하면서 시인은, 벽이라는 삶의 속살 위에 티끌과 같은 벽지를 바르면서 살아간 사람들의 '괴로운' 삶들을 읽고 있는 것이다. 벽에 그 삶의 티끌이 기록되어 있는 중첩된 벽지는 "해석할 수 없는 글씨", "비밀스런 글자"다. 허나 도배장이는 그 글자들을 "무심하게" "읽고 또 읽어"(「비문증飛蚊症-도배일기 39」)야만 한다. 그런데 그에게서 그 읽기는 눈을 통해 하는 것이 아니라 손을 통해 이루어진다.

  염소 배처럼 늘어진 천장에
  오래 앓아온 욕창 같은 얼룩을 쓰다듬어 본다
  습기는 없고 따뜻하다
  천장의 위쪽을 가늠한다
  이 집은 왕겨가 얹혀 있을 것이다

잔기술로 섣불리 발굴할 수 없는 고분 같은 집이다

껍데기도 이렇게 추위를 막아 준다
껍데기는 가라고 외치기도 하지만
알맹이 잘 보듬어온 껍데기가
사람의 집을 따뜻하게 하였다
쭉정이가 아닌 잘 익은 벼는
겉과 속의 쓰임이 다르지 않았던 것이다

조심스럽게 벽지를 덧바른다
수많은 얘기를 쏟아낼 것만 같아
가만가만 새 이불 덮어준다
가끔은
속속들이 들춰내지 말아야 할 집이 있다.

ー「고분ー도배일기 49」 전문

　도배장이는 천장에 나 있는 "욕창 같은 얼룩을 쓰다듬"으면서 "천장의 위쪽을 가늠"한다. 도배장이의 얇은 눈을 통해서가 아니라 이렇게 촉각을 통해 이루어진다. 특히 노동하고 있는 손은 눈에 보이지 않는 그 무엇의 존재를 감지ー'가늠'ー할 수 있다. 이 시에서 시인이 천장의 얼룩을 쓰다듬으면서 습기와 온기를 감지하고, 이를 통해 "천장의 위쪽"엔 "왕겨가 얹혀 있을 것"임을 가늠하고 있듯이 말이다. 그는 이 집이 왕겨에 의해 따뜻함을 유지하고 있으며 그래서 "잔기술로 섣불리 발굴할 수 없는 고분 같은 집"임을 인식한다. 그런데 그 손의 촉각을 통한 인식은, 더 나아가 왕겨와 같은 껍데기에 대한 성찰로 나아간다. 시인은 천장 위에 쌓은 왕겨가 천장을 따뜻하게 할 수 있었듯이 "알맹이 잘 보듬어온 껍데기가/ 사람의 집을 따뜻하게" 한다는 진실을 성찰하는 것이다. 그 성찰은 "잘 익은 벼는/ 겉과 속의 쓰임이 다르지 않"다는 상식과 상통한다. 겨가 쌀알을 잘 보존하고 있는 잘 익은 벼에서처럼, 이 집 역시 왕겨에 의해 보존되고 있다. 그래서 시인의 노동은 행여 이 집 내부가 손상될까봐 조심스럽기만 하다. 시인은 마치 씨앗이나 아기를 보존하듯이 "조심스럽게 벽지를 덧바"르면서 "가만가만 새 이불 덮어" 주고 있는 것이다.

여기서 흥미로운 점은, 시인이 집 자체를 동물의 육신으로 생각하고 있다는 것이다. 위의 시의 서두에서, 천장을 염소 배로 비유하고 천장의 얼룩을 "오래 앓아온 욕창"으로 비유하고 있는 것을 보면 그렇다. 집의 내부 공간이 아예 소의 내장으로 비유되기도 한다. 시인은 "안창살 같은 안방 등심 같은 건넌방 안심 같은 거실 지나 곱창 같은 주방"(「코뚜레」)과 같이 표현한다. 방을 면밀히 관찰하고 벽면을 쓰다듬으며 감지하고 가늠해야 하는 이 도배장이에겐, 방이 마치 살아 있는 동물처럼 체온을 가지고 꿈틀거리는 무엇으로 여겨진다. 방이 이렇듯 동물의 육신으로 표현된다면, 방의 속살인 벽을 덮고 있는 벽지는 벼나 버들가지 같은 식물 이미지로 표현된다. 시인에 따르면 "벼가 고개를 숙이듯/ 벽지도 익어야 제 맛이"며 "잘 익은 벽지는 버들가지 같아서 유연"(「숙성–도배일기 61」)

한 것이다. 왜냐하면 익지 않은 벽지인 마른 종이에는 "손가락이며 마음 베이"게 되기 때문이다. 벽지가 익는다는 것은 "종이가 밀가루풀 먹고/ 팔팔한 성질 절여"지는 것을 뜻한다. 물론 이 비유는 "섣부른 날들과 설익어 뗇은 기억들"로부터 나아가 좀 더 완숙한 삶의 자세를 가지려고 하는 시인의 결심을 담고 있다. 한편 벽지는 다음과 같이 나무와 동일시되기도 한다.

벽지는 색이 바래는 것이 아니다
자기의 모습을 찾아가는 것이다
뿌리와 잎을 지녔던 나무였다고
보여 주는 것이다
안개와 비를 맞는 숲에서
새와 짐승들의 산에서
살아 있고 싶은 것이다

그늘에 갇혀 그늘을 만들지 못하는 나무는 나무가 아니라고
고욕을 짜내는 것이다
벽에 매달려 입김으로 연명하지는 않겠다고
벽지에 그려진 꽃마저 떨어뜨리며
나무로 돌아가려는 것이다

바퀴벌레나 찾아드는 꽃은 더디게 지는데
반지하 백열등이 해처럼 떠서
꿈조차 잊을까 두려운 벽지는

알몸을 통째 드러내 보이는 것이다.

　　　　　　　　—「벽지는 나무다—도배일기 27」 전문

　백열등을 햇빛 삼아 그늘 속에 놓여 있는 반 지하 방 벽지는
점차 색이 바래고 낡아갈 것이다. 그러나 방 자체를 생명체로
보고 있는 시인은 벽지가 낡아간다는 생각을 갖지 않는다. 시
인에게 낡아가는 벽지는 "색이 바래는 것이 아니"라 "자기의
모습을 찾아가는 것"이다. 그 자기의 모습이란 바로 나무다.
"벽지는 나무"라는 은유가 비유라고만 말할 수는 없는 것이,
종이인 벽지는 정말 원래 나무로 만들어진 것이기 때문이다.
꽃무늬로 장식되고 얇게 펼쳐진 벽지에서 나무를 인지하긴
힘들지만 말이다. 시인이 보기에는, 반 지하 방에서 벽지가 그
늘처럼 낡아가며 꽃무늬를 떨어뜨리고 있는 것은 "꿈조차 잊
을까 두려" 워하며 "벽에 매달려 입김으로 연명하지는 않겠다
고" 자신의 존재를 증명하고자 하는 나무의 고육이다. 시인은
벽지는 현재의 모습을 스스로 지워가면서 자신의 원래 존재
인 나무로 되돌아가려고 한다고 상상한다. 그런데 반 지하 방
의 낡고 찢긴 벽지에 대한 이런 독특한 의미화는 단지 기발한
상상에서 이끌어온 것만은 아니다. "잘 익은 벽지"가 시인이
지향하는 삶의 완숙한 자세를 의미했듯이, 자신이 나무라는
것을 증명하고자 하는 벽지의 모습은 어떤 삶의 자세를 의미
한다고 볼 수 있다. 반 지하 방에서 누추하게 살지만 자신의
고향인 "안개와 비를 맞는 숲"과 "새와 짐승들의 산"에서 살

고자 하는 희망은 버리지 않는, 가난한 이의 태도를 그것은 가리키는 것이라고 볼 수 있는 것이다. 아래의 시는, 이와 연장선 위에서, 벽지의 삶을 또 달리 조명하고 있다.

> 낡은 벽지는 익숙했던 손자국들의 흔적을 남겨두었다
> 악어의 등가죽이 터져 속살이 부슬부슬 널브러진 모습으로
> 되돌릴 수 없는 쇠락의 끝자락에 다다랐다
>
> 등을 돌린 사람에게 비빌 언덕이 되어준 벽지는
> 등을 기대고 상처를 어루만지는 흔한 아픔들을
> 조용히 보았을 터이다
>
> 들이닥치는 도배장이들처럼
> 이별은 예상보다 성큼 온다
>
> 한껏 누추한 표정으로
> 잠시라도 바라보아주기를 바라는 벽지는
> 이내 덮인다
>
> 상처가 아물듯
> 벽지의 한 생이 묻힌다.
> ―「상처―도배일기 33」 전문

"벽지에 그려진 꽃마저 떨어뜨리며" 자신이 나무임을 증명하려고 했던 앞의 벽지와는 달리, 위 시의 벽지는 "되돌릴 수

없는 쇠락의 끝자락에 다다"라 이제 또다른 벽지에 의해 덮일 운명에 놓여 있다. 이 벽지는 어떤 활력도 가지지 못하고 있는 것이다. "악어의 등가죽이 터져 속살이 부슬부슬 널브러진" 낡아빠진 벽지의 표면은 노인의 피부를 닮았다. 하지만 시인은 그 쇠락해 버린 벽지의 삶에서 어떤 의미를 붙잡고 있다. 곧 사라져버릴 그 벽지가 시적인 의미를 가지게 되는 것은 그 벽지 자신이 자신의 몸에 "익숙했던 손자국들의 흔적을 남겨두"기 때문이다. "한껏 누추한 표정으로/ 잠시라도 바라보아주기를 바라는" 처지에 놓여 있는 벽지이지만, 그 벽지는 "등을 돌린 사람에게 비빌 언덕이 되어" 주기도 했던 것이다. 그래서 그 벽지는 "등을 기대고 상처를 어루만지는 흔한 아픔들을/ 조용히 보았을 터"이며, 숱한 삶이 겪어야 했던 고통의 흔적을 자신에게 남겨둘 수 있었다. "들이닥치는 도배장이"일 시인으로서는 이 고통의 흔적에 새 벽지를 도배하여 "벽지의 한 생"을 묻어 상처를 아물게 할 테지만, 그의 시선엔 곧 사라질 이 벽지에 안타까운 마음을 품고 있다. 그것은 그 '늙은 벽지'에서 시대의 흐름에 파묻혀 사라져야 하는 소외된 삶이 어른거렸기 때문일 텐데, 그 삶은 다음과 같이 버려진 벽장의 이미지로 형상화되기도 한다.

문을 열고 닫을 때나 일출과 일몰이 되는 도배장이도 무시하는 지상 십삼 층의 벽장 오래전 이곳을 지나던 바람이 머무는 공간에 소금기 재워진 조개젓 묻혀있고 앉은뱅이 밥상

의 허기를 물리며 이를 물고 견디던 어제가 있었다 뼈 삭이
는 세월이 남긴 골다공중과 동행하며 부목을 받치듯 서로를
지탱해온 벽장은 미처 고여 물고기 한 마리 부화시키지 못하
였어도 흐르던 물방울 눈보라 결정結晶이 되어 곤도라 함께
타고 지상으로 회귀하는 다만 무위無爲의 염하鹽河를 이루려
한다.

―「벽장―도배일기 60」 부분

가끔 "재워진 조개젓 묻혀 있"었을, "도배장이도 무시하는"
버려진 이 벽장에는 "앉은뱅이 밥상의 허기"에 시달리던 가난
한 사람들의 세월이 담겨 있다. 그 "뼈 삭이는 세월"은 골다공
중처럼 구멍이 뚫려 있어 시리다. 하지만 그 누추하고 눈물겨
운 골다공중 세월이 헛된 것은 아니다. 바로 그 벽장이 세월과
한 자리에 함께 하면서 "부목을 받치듯 서로를 지탱해" 주었
기 때문이다. 눈물을 함께 흘리며 여기까지 흘러온 세월과 벽
장은, 서로에게 흔적을 남기며 삶을 증언한다. 벽장은 무엇 하
나 남겨놓지 못하고 "물고기 한 마리 부화 시키지 못"하지만,
세월에 의해 "눈보라 결정"이 되고 있는 무위의 염하와 동행
할 수 있다. 스러져가는 삶 속이지만, 그리고 무위의 삶이지만
어떤 의미―결정―는 남게 되는 것이다. 도배장이는 이 죽음
과 삶이 삼투하는 모습을 자주 볼 수 있다. 왜냐하면 벽지와
벽장이 낡았을 때 방주인은 도배를 부탁할 테니 말이다. 도배
장이 시인은 이 낡아버린 벽지와 벽장의 모습에서 어떤 슬픔
을 느낌과 동시에 삶은 죽음과 얽혀 있다는 진실을 인식하게

된다.

이곳저곳을 돌아다니며 도배 일을 해야 하는 시인은 삶과 죽음이 동시에 존재하는 상황이나 삶과 죽음의 경계선이 드러나는 순간을 민감하게 포착한다. 「창호지─도배일기 57」에서 시인은 "십칠 년 풍 맞은 남편 삼우탈상 하"는 어떤 여인의 "문종이 떼어내는 손"을 조명한다. 시신을 덮고 있는 문종이 (창호지)는 "이승의 장막"인데, 시인은 그 장막을 걷어내는 "떨어질 듯 매달린 손"에서 "떨림과 떨굼이 한통속"이라는 진실을 깨닫게 된다. 창호지를 떼어내는 '떨굼'을 통해 남편은 저승으로 갈 것이다. 하지만 그 떨굼은 이승에서의 떨림에 따라 이루어진다. 이승과 저승이 분리되는 순간, 떨림과 떨굼이 동시에 이루어지고 있는 장면을 시인은 사진작가처럼 붙잡은 것이다. 다른 한편으로 시인은 「금줄─도배일기 35」에서 새로운 생명이 태어나자 할아버지가 안방 문 위에 금줄을 걸고 말린 고추를 달고 있는 장면을 조명하고 있다. 그 줄에 대해 시인은 "타다만 숯이 다시 타서 흰 재가 되어/ 더 태울 것 없는 백발이 꼬아 단 금줄"이라고 말하고 있는데, 이 구절은 삶과 죽음의 대비를 극명하게 드러내고 있다 하겠다. 그렇지만 그 구절은 비애를 불러일으키지 않고 도리어 생명이 끊이지 않고 이어지는 삶의 힘과 신비를 밝게 그려낸다. 아래의 시도 죽은 자와 산 자의 공생이 나타나 있는데, 역시 시의 분위기는 밝다.

벽에 걸린 영정사진이 처음엔 선명한 흑백 사진이었을 것이다 지금 마주 보고 있는 얼굴이 오히려 갈색 렌즈를 끼우고 작품사진을 촬영한 듯 생기가 도는 것 같다 밑받침 못이두 개 박혀 있고 윗못 하나에 실로 묶어 앞으로 굽어보는 것처럼 액자는 걸려 있다 식구들의 기억 속에 살아 늘 굽어 보살필 것 같은 마음이 담겨 있을 것이다

　오래전 앨범을 펼쳐 보며 딸들은 즐겁다 길고도 짧은 세월이라며 추임새도 넣고 소용이 다한 물건들은 문지방을 넘는다 보따리를 풀고 싶은 사람 냄새나는 집이다

　노구의 청국장을 먹으며 영감의 옆자리에 사진으로 남을인생과 번성하여 어느 집의 액자로 걸릴 후생들의 삶이 휘지않고 걸린 못이 되기를 바라며 구수한 숭늉을 갱물처럼 마신다

　따지 않은 감 때문인가 구름이 더 하얗다 집 지을 때 영감이 심었다는 홍시를 내놓는 손이 집 한 채 보다 커 보인다 벽지를 붙이며 나는 나의 두 손을 찍은 사진을 영정처럼 걸어도 좋을 것이라 생각했다.
　　─「영정사진─도배일기 1」 전문

　시인은 제사지내고 있는 어느 집에 도배를 하러 가게 된 것같다. 그런데 방 안의 제삿날 풍경은 결코 어둡지 않다. 이 집은 "보따리를 풀고 싶은 사람 냄새"가 나는 집이다. 딸들은 앨

범을 펼쳐 옛 사진을 보며 즐거워하고 있다. 오래된 영정사진
은 오히려 생기가 돈다. 영정사진은 저 풍경에서 소외되어 있
지 않다. 도리어 그것은 후세들이 즐겁게 웃으며 담화하고 있
는 저 생동하는 후세들의 삶에 깊숙하게 들어와 있다. "앞으
로 굽어보는 것처럼" 걸려 있는 액자는 "식구들의 기억 속에
살아" 있기에 그렇다. 영정 사진의 주인공인 '영감'은 "늘 굽
어 보살필 것 같은 마음"으로 "번성하여 어느 집의 액자로 걸
릴 후생들의 삶이 휘지 않고 걸린 못이 되기를 바"란다. 저 집
식구들이 벽지를 붙이고 있는 '나'에게 내놓은 "집 지을 때 영
감이 심었다는 홍시"가 달려 있었을 감나무는 '영감'이 뿌리
내린 저 가족을 상징한다. 그렇다면 홍시를 내놓은 후손의 손
은 바로 감나무 끝에 뻗어 있는 감 달린 가지와 같다고 할 것
이다. 그러니 그 손에는 가족의 역사가 스며들어 있다고 할 것
이고, 그렇기에 그 손은 "집 한 채보다 커 보"이는 것이다. 그
런데 시인 역시 후세에 무엇인가를 남겨주려고 한다. 무엇일
까? "두 손을 찍은 사진을 영정처럼 걸어도 좋을 것"이라고 시
인이 말하고 있듯이, 바로 도배하는 두 손이 그것이다. 즉 감
나무를 심은 영감의 노동이 홍시를 남겨 놓듯이, 시인에게는
노동이야 말로 선대와 후대가 이어질 수 있는 능력인 것이다.

　도배를 다니면서 시인은 위의 시에서 보듯 죽은 자와 산 자
가 한 자리에 공생한다는 것을 발견한다. 아니, 어쩌면 죽은
자가 이 세계에서 더 중요한 의미를 가지고 있다는 것을 깨닫

기도 한다. 죽은 자가 존재하지 않았다면 이 세계는 존재하지 않았을 것이다. "지장보살을 모신 방부터 도배는 시작되"어야 하고 "사람 사는 방은 그 다음의 다음 순서로 정해"(「절집—도배일기 2」)져야 한다고 시인이 말하고 있는 것은 그러한 깨달음을 보여준다. 죽은 자에 대한 존중은 현재의 삶을 가능하게 해준 과거의 삶에 고마움을 표하는 것이다. 죽은 자의 방을 먼저 도배하는 노동은 세계를 남겨준 선인에 대한 감사를 표현한다는 뜻을 가진다. 이렇게 선대에 감사를 표하는 노동으로 후대의 삶은 선대와 다시 맺어질 수 있다. 한편 노동은 아래의 시에서 보듯이 벽지에 갇혀 찢겨버린 어떤 삶에 눈을 달아주거나 출구를 열어줄 수도 있다.

벽지에 그려진 나비도 혼이 있을까
너무 먼 나라로 날아온 날개는 펴진 채로 강아지풀에도 앉지 못한다
집요하게 풀줄기 쪽을 바라보는 더듬이는 거리를 좁히는 신호를 보내지 않는다
고요한 시간이 깃들어 있는 벽의 안쪽에 나비는 붙어 있어
비에 젖을 일 없는 날개를 접을 이유도 없겠다

벽과 벽이 만나는 곳에서 잘려 나간 나비의 반쪽은 마당에서 뒹군다
바람 맞아 구르는 모래에 더듬이를 다치고 별을 보겠지
광야엔 드물게 꽃도 피어났지만
인색한 꿀이 있는 배경의 소풍일 뿐

점안하듯 나비에게 눈동자를 그려본다
한 개의 눈으로도 초점이 맞기를 바라며
방충망을 열어준다.
　　―「나비―도배일기 32」 전문

　"벽과 벽이 만나는 곳에서 잘려 나간", 벽지 무늬 '나비'를
시인은 보고 있다. 시인은 이 무늬를 살아 있는 무엇으로 상상
하고는 이 나비는 "너무 먼 나라로 날아" 왔다고 말한다. 이
'나비'에서 도시로 올라와 쪽방이나 반 지하 방에 갇혀 살아
가는 농촌 사람을 생각하게 되는 것은 자연스럽다. 도시에서
그들은 "강아지풀에도 앉지 못"하는 신세가 된다. "광야엔 드
물게 꽃도 피어났지만" 그것은 "인색한 꿀이 있는 배경의 소
풍일 뿐"이다. 도회에 펼쳐진 이 벽지의 세상은 꿀의 환영을
제공할 뿐 실제로 그들이 앉을 수 있는 공간은 없는 것이다.
그렇기에 나비는 풀줄기 쪽을 집요하게 바라보지만 그것과의
거리를 좁히지 못한다. 그 풀줄기 역시 환영에 불과할 테니 말
이다. 그래서 나비는 환영의 화려한 도회 세계에 접근하지 못
하고는 결국 "고요한 시간이 깃들어 있는 벽의 안쪽에" 붙박
인 채 방에 틀어박혀 있게 될 것이다. 그 안에서 나비는 반으
로 갈라져, "잘려 나간" 반쪽은 "마당에서 뒹"굴며 "모래에 더
듬이를 다치고 별을" 볼 뿐이게 된다. 나비는 감지 능력을 잃
은 채 무력하게 하늘을 바라보기만 하는 것이다. 허나 도배장

이 시인은 이 비참한 상황을 증언만 하지 않는다. 그는 능동적으로 '노동―시작詩作' 한다. 시인의 노동은 벽지에 갇힌 나비에게 눈동자를 그려주고, 방충망을 열어준다. 삶을 가두는 벽이 불구의 나비에게 결국 현실이 되었다면 그 벽 위에 탈출구를 마련하는 것이 도배장이 시인이 할 일이다. 게다가 도배 노동자에게는 그 벽이 자신이 노동하는 터전이자 미래이어서, 그는 벽으로부터 독립된 세상을 따로 상정할 수 없다.

미래는 벽에 막혀 있다고 말하는 미래학자는
벽을 모른다
벽이 있어야 앞날이 있는
도배장이의 미래를 모른다

면벽 십 년의 관절염과
면벽 이십 년에 얻은 허리통증과 친구가 된
도배장이의 앞을 막고 서 있는 것은 벽이 아니다
그것은 밥이다

지금도 쌓아올리고 허물어지는 벽은
도배수도의 도량이며 성지다
백팔 배 하듯 붙이고 천 배 하듯 붙인다
새벽밥 먹고 붙이고 때론 야간 작업등 켜고 붙인다
가로막고 서 있는 것이 벽이라면
붙인 곳에 몇 번이라도 붙인다

미래의 벽을 미리 알기 위해 일하는 도배장이도 없지만
안다고 피해갈 수 있는 벽도 없기 때문에 붙인다
눈앞의 벽에 마주서서 훑어보고
당당하게 맞서면 그뿐이다.

　　—「벽—도배일기 45」 전문

　도배장이로서는, 벽이 없다면 그에게 앞날도 없는 것이다. 벽이 있어야 그는 밥을 먹을 수 있기 때문이다. 그래서 그의 "앞을 막고 서 있는 것은 벽이 아니"라 밥이다. 그는 항상 앞으로 밥을 먹을 수 있을지 걱정하면서 일거리를 찾아나서야 한다. 그가 '면벽' 하고 있는 것은 어떤 종교적 깨달음을 얻기 위해서가 아니라 밥을 먹기 위해서다. 그 밥을 얻기 위한 노동은 관념이 아니라 육체적 현실이어서 면벽 십 년에 관절염을 얻고 면벽 이십 년에 "허리통증과 친구"가 되었다. 그것은 도배 노동의 강도는 "새벽밥 먹고 붙이고 때론 야간 작업등 켜고 붙"여야 할 정도로 매우 높기 때문이기도 하다. 그러나 밥을 먹어야 하기 때문에, 그 노동을 회피할 수 없다. 그래서 "피해갈 수 있는 벽도 없기 때문에 붙"여야 한다. "가로막고 서 있는 것이 벽이라면/ 붙인 곳에 몇 번이라도 붙"여야 한다. 그렇다고 시인은 이에 비관하지 않고, 반대로 "벽에 마주서서 훑어보고/당당하게 맞서면 그뿐"이라면서 의지를 다진다. 이렇게 밥을 먹기 위해 행해야 하는 노동은, 단순하지만 어떤 '미래학자'도 모르는 진실을 알게 만든다. 적어도 그들은 "미래는 벽에 막혀 있다고 말하는 미래학자"와는 달리 "벽이 있어야 앞날이" 있다는 진실을 안다.

그래서 시인은 도배장이임을 떳떳하게 생각하면서 시적 진실을 노동 과정에서 포착하는 데 주저하지 않으며, 자신의 노동에 높은 가치를 부여한다. 그는 "하루치 품삯을 위해 일하는 도배장이들이"(「암초−도배일기 15」)지만, 소금을 쏟는 그들의 땀방울로 인하여 "노동의 신성함이 공기 속을 흐른다"고 당당하게 말하는 것이다. 자신의 노동에 대한 자신감과 이에서 비롯되는 삶에 대한 긍정적인 자세는 시인이 도배 노동을 하는 노동자들과 깊은 동료애와 연대감을 느끼도록 이끈다. 그 연대감은 도배 보조를 하는 노동자와도 닿아 있다. 그래서 시인은 "글자를 몰라 기술자로 나서지 못"하여 "경력은 삼십년에 아직도 보조"인 '선희엄마'의 "식구들 모여 고기 구워 먹는다고/ 꼭 들러서 먹고 가라고 전화 해주는"(「선희엄마−도배일기 17」) 마음 씀씀이나, "열일곱 평 임대아파트에서/ 일곱 명 식솔 먹여 살리는" "일흔에 아직 페인트공"인 '복순씨'에 시적 조명을 가한다.

도배 노동을 같이 해나가는 비숙련 노동자들에 대한 연대감은, 「수목한계선−도배일기 58」에서는 더 나아가 외국인 노동자와의 연대감으로 더 확장되기도 한다. 그 시에서 시인은 그 노동자들에 대해 "신발에 묻어온 풀씨 같은 사람들이 폐유에 담겨진 가마우지처럼 산다"고 표현하고 있다. '폐유'란 "소규모 공장 기숙사"의 "방 한 칸에 여섯 명씩" 지내야 하며 "여름에도 전기장판 켜진 방"에서 살아야 하는 환경을 가리킨다.
즉 그 표현 속에는 열악한 환경 속에서 살아야 하는 현실을
비판한다는 의미가 담겨 있다. 그런데 이들 노동자들은 그러
한 열악한 환경 속에서도 "식용유에 밥을 말아먹"으며 "느물
느물 실뿌리를 내리"고 있다고 시인은 긍정적으로 평가한다.
이 진술에는 고생하며 살아가는 이들 외국인 노동자들을 응
원하는 마음이 담겨 있음은 분명하다. 노동자와의 연대감은,
비정규직 노동자들을 밥 먹듯이 해고하는 자본에 대한 비판
과 그 노동자들의 저항에 대한 공감으로 나타나기도 한다.

도루코 칼날은 잘 든다
열 개들이 한통이면 집 한 채 벽지도 바르고 장판도 깐다
무뎌진 칼끝을 톡톡 떼어내며 새날처럼 쓰는 도루코 칼날
은 도배장이들이 즐겨 쓰는 소모품이다
칼날 만드는 공장이 우리 동네에 있고
그 사거리를 사람들은 도루코사거리라고 부른다

칼 만드는 공장에 출근하던 사람들이 도루코사거리에 서서
일 년 넘게 정문을 통과하지 못하며 망루를 세우고 현수막을
걸었다

'도루코의 칼날은 비정규직을 자르는 것이 아니라 물건을
잘라야 합니다'

잘린 비정규들이 표어를 앞뒤로 걸머메고 부러진 칼날처

럼 녹슬어 갔다

'왜 우리 마음 속에 칼을 갈게 하는가'

　무딘 칼날을 벼리듯 사계절 버티고 선 그들의 구호는 날이
서 있었다.
－「도루코 칼날－도배일기 3」 전문

　시인은 이 시에서 "도배장이들이 즐겨 쓰는 소모품"인 "도
루코 칼날"을 생산하는 노동자와의 연대감을 보여준다. 그는
도루코 회사에서 해고당한 비정규직 노동자들이 "일 년 넘게
정문을 통과하지 못하며 망루를 세우고" 건 현수막을 그대로
소개한다. 그 현수막에는 "'도루코의 칼날은 비정규직을 자
르는 것이 아니라 물건을 잘라야 합니다'"라는 문장이 적혀
있다. 도배장이들이 도루코 칼날을 소모하듯이, 자본은 이 노
동자들을 도루코 칼날과 같은 소모품으로 취급한 것이다. 시
인의 "잘린 비정규직들이 표어를 앞뒤로 걸머메고 부러진 칼
날처럼 녹슬어" 가고 있다는 인상은 그 노동자들의 운명과 그
들이 생산하는 도루코 칼날의 운명이 동일하게 되어가는 상
황을 꼬집는다는 의미를 갖는다. 허나 같은 유비 체계에서 보
면, 그들의 투쟁에 대해 "무딘 칼날을 벼리듯 사계절 버티고
선 그들의 구호는 날이 서 있었다"고 평가하게 될 터이다. 다
시 말하면, 칼날을 만드는 비정규직 노동자들이 칼 만드는 회
사에 의해 칼같이 잘리고, 그들은 회사를 향한 분노를 칼날

벼리듯 날 세우게 된다.

시인은 이렇듯 시의 주제를 사회적인 문제로 확장시켜 나아
가게 되는데, 하지만 그 확장은 자신이 직접 경험해야 했던
도배 노동의 구체성과 결합되어 있기 때문에 관념적인 것이
아니다. 그는 노동하는 육신이 직접 경험한 바에 따라 사태를
이해한다. 「도루코 칼날」에서도 역시 시인은 투쟁하는 노동
자와의 공감을, "벽지도 바르고 장판도"까는 자신의 도배 작
업과 그 작업에 사용되는 도루코 칼날을 생산하는 저들의 노
동을 연관시켜 이루어내고 있다. 시인이 구체적인 노동을 통
해 공감을 느끼고자 한다는 사실은, 스님과 신부님의 오체투
지를 보면서 그의 노동 도배와 동음이의어인 '도배道拜'라는
신조어를 떠올리는 데에서도 확인할 수 있다.

　　　　이슬 젖은 조간신문 펼쳐보다
　　　　스님 신부님 함께 오체투지로
　　　　도배하는 사진을 만났다

　　　　저렇게도 道拜를 하는구나

　　　　목장갑 나란히 길에 붙는다
　　　　쓰고 버리는 실장갑처럼
　　　　쓰고 버리는 몸뚱이 길에 부리며
　　　　하늘이 두려운 사람들이 도배를 한다

길을 줄이는 자벌레들 앞에서
더듬이가 되어 기어서 간다

빙판 같은 아스팔트에 이마를 붙이고
사지와 가슴으로 도배하며 간다

밤을 건너온 사진 속의 노새들이
땀에 젖어 도배를 한다.
　　－「노새－도배일기 46」 전문

　시인의 도배 작업과 같은 노동자의 노동이 더듬이가 되어
앞서 가는 이들이 하고 있는 道拜로 확장 승화될 때, 더듬이
를 다친 나비들－빈자들－은 잘려나간 자신의 반쪽을 다시 되
찾고 하늘로 날아오르게 될 수 있을지 모른다.
　강병길 시인은 이러한 희망을 가지고 도배 작업을 하고 있
으며, 이와 동시에 벽지의 나비 무늬에 눈동자를 넣는 시를
쓰고 있다.

강병길

경기도 이천에서 태어났고, '사롬과 시', '중원문학' 동인으로 활동하고 있으며, 현재 강원도 문막에서 행복한 인테리어를 운영하고 있는 도배공이다. 그는 오랫동안 시를 써왔지만, 그 어느 곳에도 투고를 하지 않았고, 오직 시가 좋아서 자기 스스로 시의 언어를 갈고 닦아 왔던 것이다. 그의 첫시집 『도배일기』는 64편으로 이루어진 연작시집이며, 최초의 도배공의 서사시집이라고 할 수가 있다. 비록, 공식적으로 등단의 절차도 밟지 않았고, 그 어느 잡지에도 시를 발표한 적이 없지만, 그의 첫시집 『도배일기』는 천혜의 원시림의 비경처럼, 예술품 자체가 된 도배공의 역작力作이라고 할 수가 있다.

이메일 주소 : sunbee70000@hanmail.net
전화번호 : 011-9842-7074

강병길 시집
도배일기

발   행 2011년 1월 5일
지 은 이 강병길
펴 낸 이 반송림
펴 낸 곳 도서출판 지혜
          계간 시전문지 애지
기획위원 반경환 강신용 이형권 황정산
주   소 305-720 대전시 유성구 신성동 두레A. 106동 106호
전   화 042-862-0845
전자우편 ejisarang@hanmail.net
홈페이지 www.ejiweb.com

ISBN : 978-89-964979-5-0 03810
값 10,000원